獻給莎洛美。──M.B.

感謝馬里歐、弗雷戴里克、馬爾丹，
送給了我這個夢。──G.D.

國家圖書館出版品預行編目 (CIP) 資料

雲朵屬於誰？/ 馬里歐.柏哈薩爾（Mario Brassard）文；
傑哈爾.迪布瓦（Gérard DuBois）圖；藍劍虹譯. -- 初版.
-- 新北市：字畝文化出版：遠足文化事業股份有限公司發
行 , 2022.06
100 面；17.8×24.1 公分
譯自：À qui appartiennent les nuages ?
ISBN 978-626-7069-73-8（精裝）
885.3596   111007245

Graphic Novel 004

雲朵屬於誰？ À qui appartiennent les nuages?

文｜馬里歐‧柏哈薩爾 Mario Brassard
圖｜傑哈爾‧迪布瓦 Gérard DuBois
譯｜藍劍虹

字畝文化創意有限公司

社長兼總編輯｜馮季眉　主編｜許雅筑　責任編輯｜戴鈺娟　編輯｜陳心方、李培如　美術設計｜張簡至眞

出版｜字畝文化／遠足文化事業股份有限公司

發行｜遠足文化事業股份有限公司（讀書共和國出版集團）

地址｜ 231 新北市新店區民權路 108-2 號 9 樓

電話｜(02)2218-1417　傳眞｜(02)8667-1065

客服信箱｜ service@bookrep.com.tw

網路書店｜ www.bookrep.com.tw

團體訂購請洽業務部 (02) 2218-1417 分機 1124

法律顧問｜華洋法律事務所 蘇文生律師

印製｜通南彩色印刷有限公司

2022 年 6 月　初版一刷　2023 年 7 月　初版二刷
定價｜ 450 元　書號｜ XBGN0004　ISBN ｜ 978-626-7069-73-8

特別聲明：有關本書中的言論內容，不代表本公司／出版集團之立場與意見，文責由作者自行承擔

文 馬里歐‧柏哈薩爾
Mario Brassard

圖 傑哈爾‧迪布瓦
Gérard DuBois

雲朵屬於誰？

譯 藍劍虹

在你們手中的，是一張我的舊照片，
是在我們離開的幾個小時前拍下的。

至少當時在相機後面，幫我拍下照片的爸爸是這麼說的。

而我，必須向你們坦承，我不確定這個眼神矇矓的陌生人，
是否真的就是我。

儘管我努力的檢視照片，轉動著它，從各種角度去看；還搖晃著它，
搖到左後方那棵蘋果樹上，每顆蘋果都掉了下來，我還是認不出自己。

所有我能回想起的，就只有我叫做米拉，
我當時九歲，還有我身後那道過長的影子。

在我們離開前，那些日子裡，我是如此疲憊。我的頭沉重無比，就像是一把鐵鎚在敲打著鐵釘，整天猛打瞌睡。
我媽媽說：「你打瞌睡打成這樣，我們都能用你的疲憊打造出一棟豪華旅館來了，也許還會客滿呢。」

你們一定無法想像，那時我們多麼渴望能擁有一床潔白的被單。

在那段時間裡，每當我閉上眼睛，總感覺會失去些什麼。

就好像有人會趁我不注意，讓世界逐步傾毀。

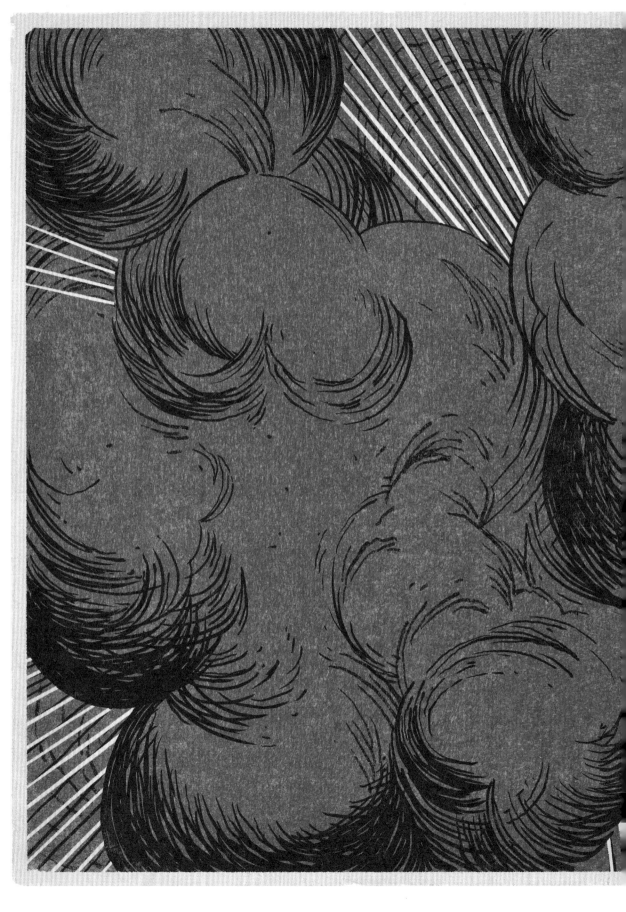

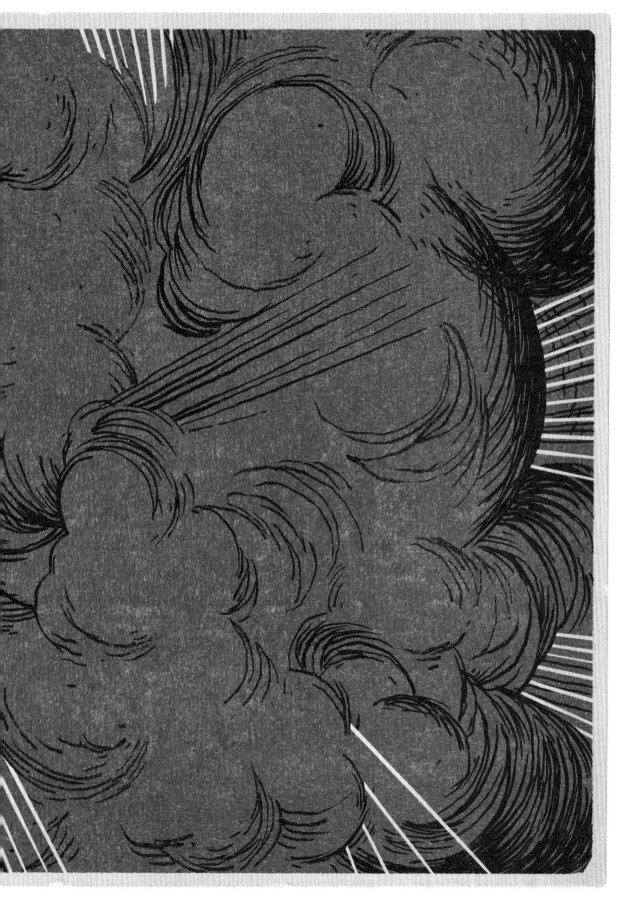

因此，儘管疲憊，我都決定不再入睡，
轉而開始照看起流浪貓，牠們毛皮上殘餘的溫柔。

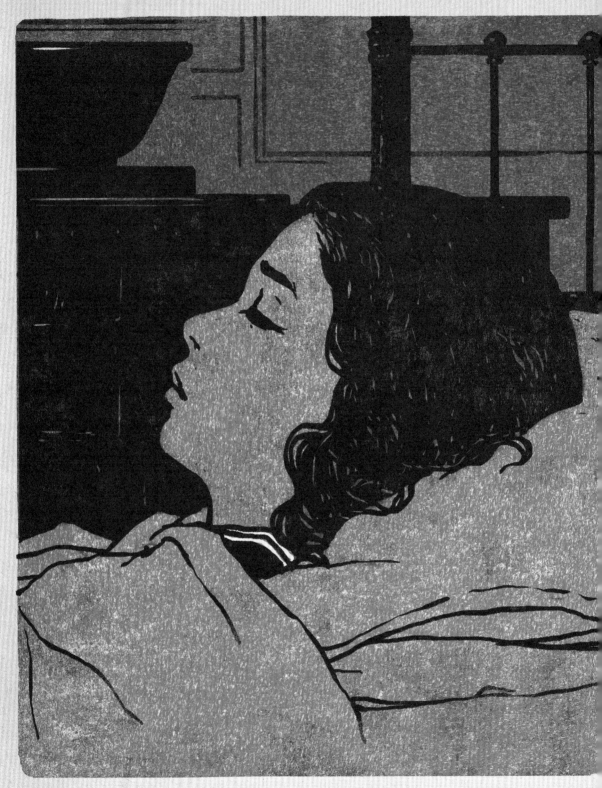

哪怕真的睡去，我的枕頭也總是被相同的夢境給填滿。
令人比白天更精疲力竭的那種。

一遍又一遍，同樣的情節不停上演：

我和家人手上拎著行李，一起排著隊。

這個隊伍看不到盡頭，也沒有人知道我們排隊是為了什麼。

隊伍緩慢的行進，慢到有時烏鴉會飛來，停在我的肩上。
牠大概是誤把我當成一座雕像了。

但很奇怪的是，不只我一個人有這樣的夢。
至少，我是這麼認為的。

我的家人、我的鄰居、鄰居的鄰居，所有人整天都在談論隊伍的事。

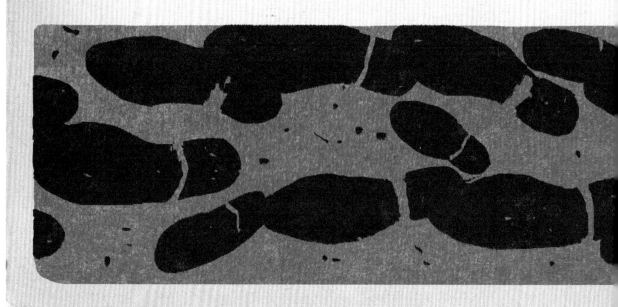

「我們該跟著隊伍走嗎？」「這隊伍到底要去哪裡？」「那裡會更好嗎？」

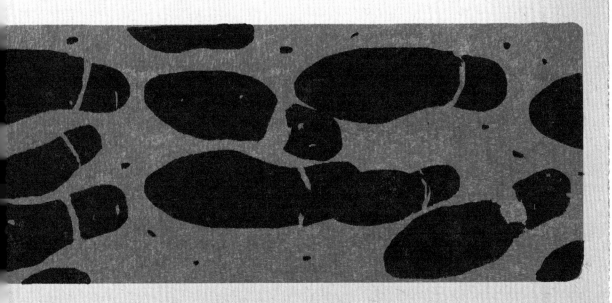

有些人說隊伍在到達海邊之前，會先經過一座已成廢墟的城鎮，城鎮的右面被著火的森林阻隔著。而抵達海邊後，會有簡易的救難船等著我們。

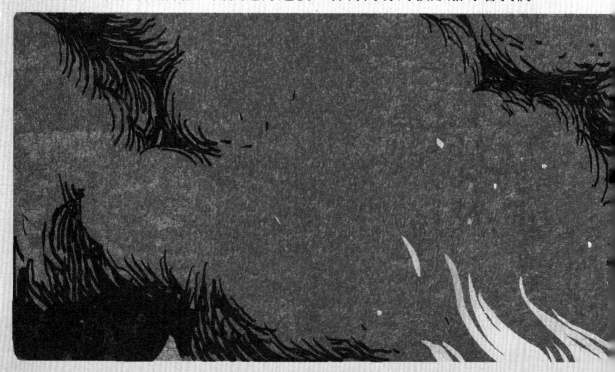

其他人，比較悲觀的人，則斷言再往前走幾公里，這個隊伍會接回來。
隊伍的開頭就是它的結尾。這些人走得並不快。

而年紀較大的人，認為隊伍會通向一片三葉草田，
他們竊竊私語著，或許在那裡還有希望可以多活一天。

我不知道他們誰說得對，因為在我的夢裡，
除了橫在城鎮入口的軍火工廠，我從未到過更遠的地方。

我很想爬上工廠的長煙囪，
以便看得夠遠，好了解到底發生了什麼事。
但是廠房四周有好多兇狠的狗。

還有許多守衛，他們說著和那些狗相同的語言。

不過，有一個人知道真相。
那個人就是我叔叔。

他喬裝成小丑,敏捷的甩開看守的狗群,
攀上長梯,一直爬到工廠煙囪的最高處。

儘管守衛在底下威嚇著，我叔叔仍從容不迫的整理著他的蝴蝶結。

所有人都屏住了氣息，彷彿那是他們的最後一口氣。

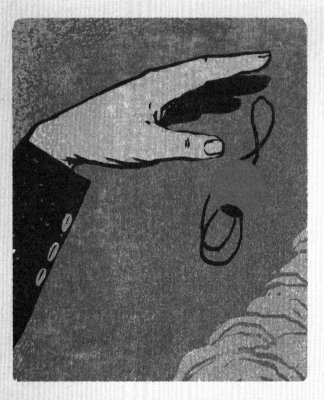

叔叔一句話也沒說，向我們行了禮之後，
取下他的大紅鼻子往下丟，期望能真的堵住煙囪。

我永遠記得叔叔接下來望向遠方，嘴上微笑的樣子。
他是在以雙唇呈現眼前展開的地平線嗎？那很快也會展現在我們的面前嗎？

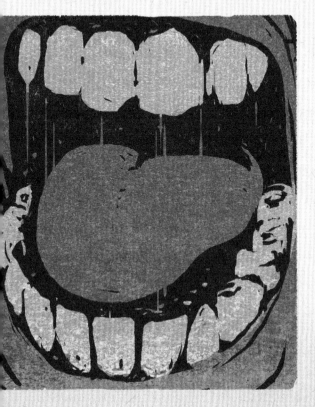

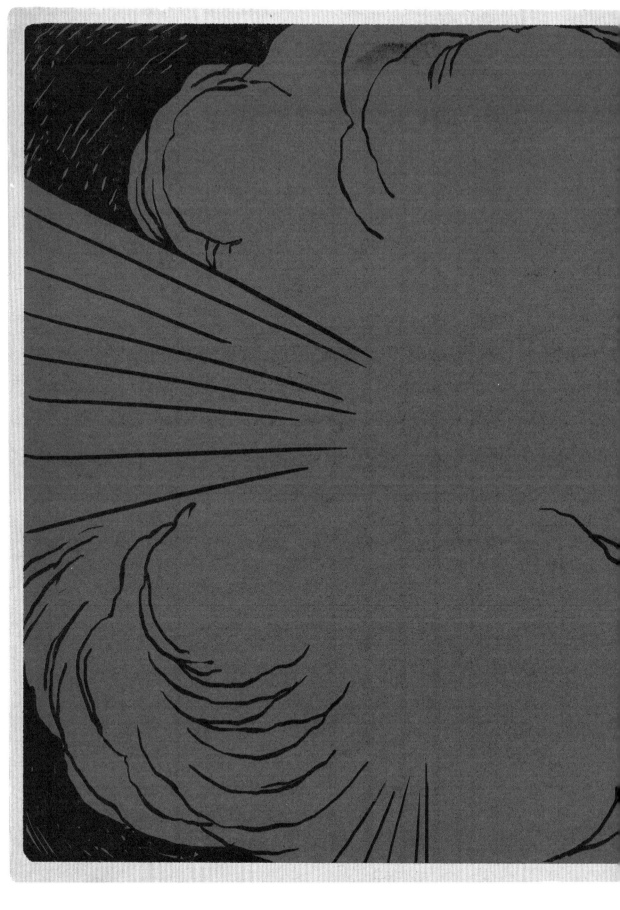

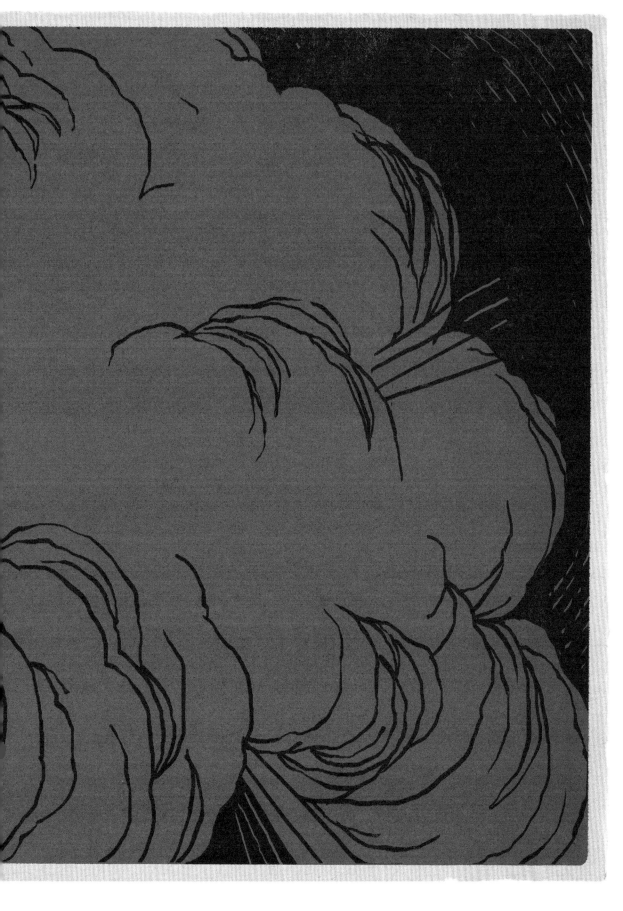

我沒能來得及問他。
其中一位守衛大聲喊了起來，接著爸媽就搗住了我的眼睛。

隔天早上我醒來，有人跟我說，找不到我叔叔了。

他就這樣下落不明：沒有人再見過他，連在夢裡也沒有。

就在那夜之後，我發誓我再也不睡覺了。

我姊姊說，接下來的日子裡，我白天都在忙著將天上的雲分成兩種：

那些屬於我們的、白色的雲，和那些不屬於我們的、不是白色的雲。

問題是，不再有白色的雲了。

就算鼓起勇氣抬頭看，放眼望去也都是竄向天際的濃煙。
都是灰的、深灰的和黑色的雲。

這些烏雲日漸逼近。
我們頭頂上、這些無家可歸的烏雲，
它們是否來自我朋友被焚毀的家園？

爸媽從來沒有料到，有一天郵差會在我們家門口投遞「炸彈」。

於是某個早上，我們離家去加入那長長的隊伍，並鎖上了身後的家門。

大家一人拎著一件行李。

媽媽帶著我們的護照，姊姊帶著衣服，而我帶著一條毯子跟枕頭。
至於爸爸，他提著一個相當沉重的行李箱，汗如雨下。

隊伍持續行進了好幾天、好幾個星期。

我已經分不清楚自己是睡著還是醒著。

我唯一可以確定的是，烏鴉不再飛來停在我們的肩上了。

那些不幸靠過來的，最終都死於烤肉的鐵叉上。

我在此省略了我們腳上的水泡、我們的飢餓與乾渴，
和那不停遠逝的地平線，以及其他更多的事⋯⋯

就算我想要向你們講述一切，也是無濟於事的：
我相信，這樣的苦難確曾在某個人身上發生過一次，這就夠了。

就如我後來向家人講述那段一起經歷過的路程時，
我們的記憶也完全不同──這是個奇蹟：
我們最後竟然都來到了同一個國家、同一座城市，現在甚至在同一個屋簷下。

更令人欣慰是，我們還圍著同一張桌子，一起看著爸爸行李箱裡的舊照片。

現在，我三十四歲，而我的影子長度剛剛好：不會太長，也不會太短。

但我知道，我跟其他人不一樣。

比如，在櫃檯前排隊時，我會微微發抖，
儘管我知道已經沒有什麼好害怕的了。

於是我想像我要回了叔叔的大紅鼻子。
這讓我綻開微笑，也平靜下來。

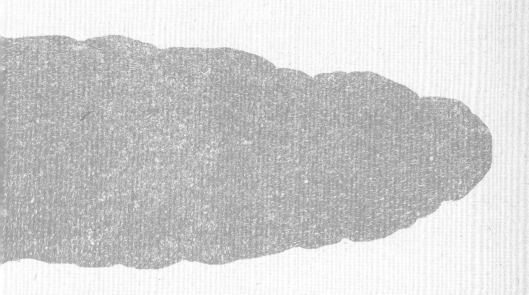

還有天空：
我沒有一天不自問，這些雲是屬於誰的？

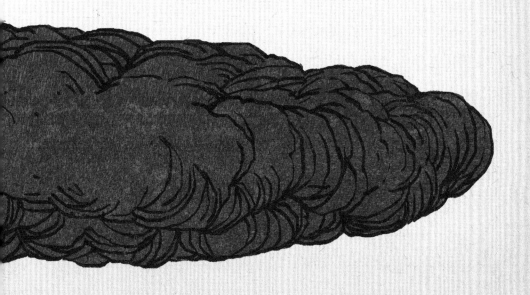

從窗前漫步而過的白雲,像一隻隻無頭無尾的白老鼠:
那些雲自然是屬於我的貓的。
牠朝玻璃揮揮爪子,試著抓住白雲,好來轉交給我。

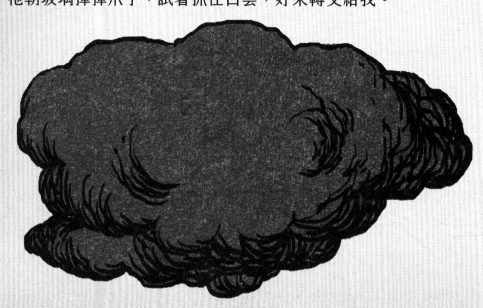

但那些陰沉的烏雲呢？它們是來自哪個戰爭中的國家？

或許記憶就像雲一樣：有些雲壯麗，飛得高遠，無法讓人企及。
然而其他的雲，更沉重的那些，則會長久的停在我們的肩上，
等待我們準備好讓它們飛向天際的那一天。

至於那一天是否真的會到來？
答案在風中飄蕩著。